火を焚きなさい

山尾三省の詩のことば

山尾三省

野草社

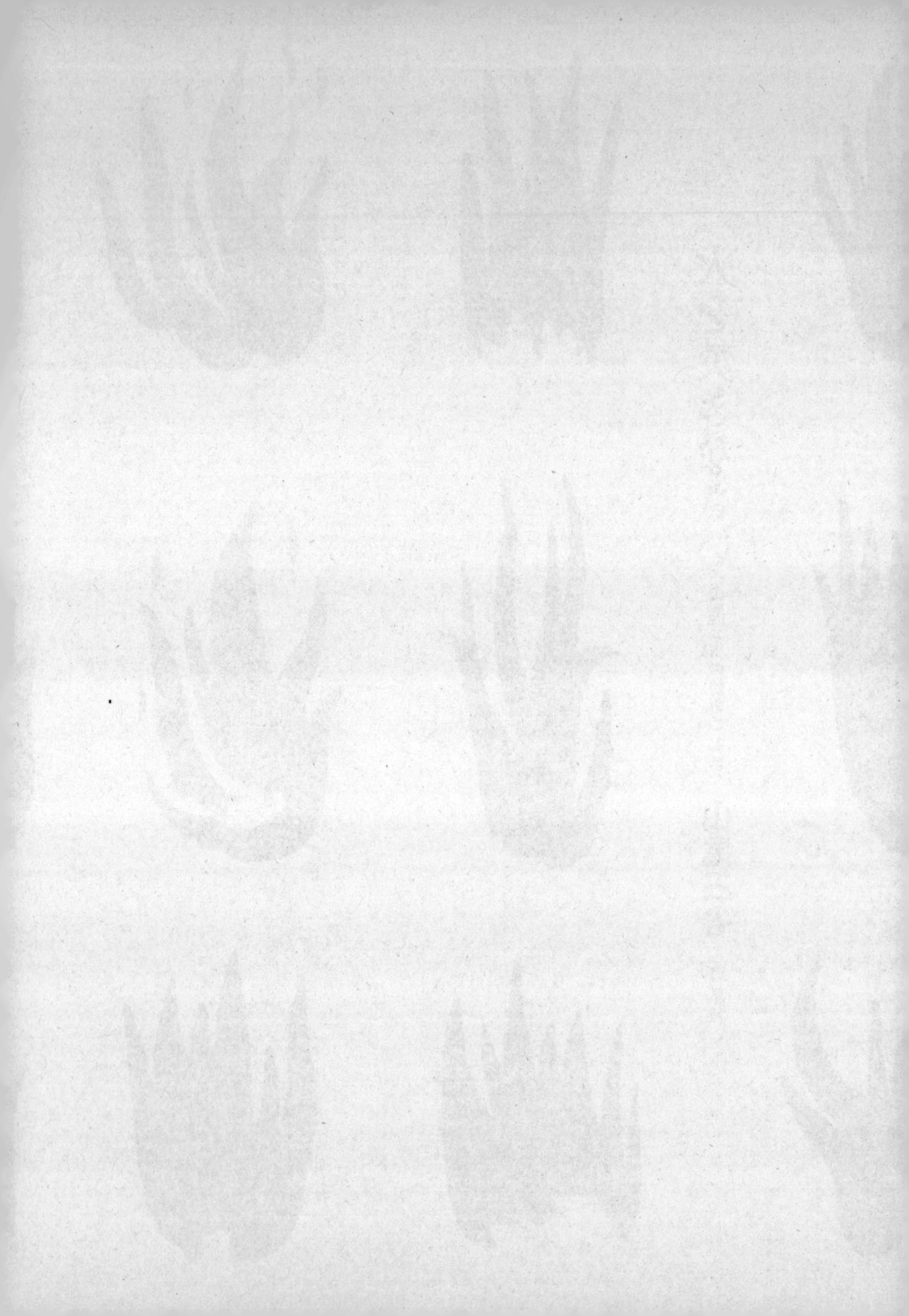

序にかえて

十年前〔一九七七年〕、「屋久島を守る会」の方達から土地の提供を受けて、私達家族が一度(ひとたび)は廃村となったこの地に移り住んできた時には、同じく東京から移り住んできた友人の一家を除いてはここは無人の里であった。見棄てられた家々はすでに半ば朽ち傾いており、谷間のあちこちに放置された段々畑は、亜熱帯性の豊かな太陽と雨の力ですみやかに野生の山に返りつつあった。林道にはわがもの顔に猿の群れが行き交い、鹿達が遊んでいた。

私には三つの夢があった。

そのひとつは、一度は見棄てられたこの土地を、再び人間の住む土地に戻し、ここに新しい村里を作って行くことであった。島の生活の深い伝統から学びつつ、同時に今世紀の地球的諸問題の解決にいささかなりとも貢献できるような、里ができて行くことを願っていた。

またひとつは、この人間を圧倒するほど豊かな自然環境の中で、自己の信仰、あるいは自己という知慧を、真裸のままに深めて行きたいという願いがあった。すでに東京郊外における生活において、観世音菩薩と呼ばれるひとつの真理に出会い、また、自己とは世界そのものの姿の別名であるという苦(にが)くかつ喜ばしい知慧を得てはいたが、その知慧と信仰はさらに鍛え深められねばならぬものとしてあった。

もうひとつの夢は、むろんこの地で百姓をすることであった。経済原理の支配するこの時代にあって、敢えて最下層の貧農を志すと同時に、自然の道理と共に呼吸し生活する新しい喜びの世界を、自分のものとして行きたいと願った。

十年を経て、その夢が実現したとはもとより言い難い。しかし、むろん挫折してもいない。

この地には今、私達を含めて十家族三十数人の人達が住むようになり、十年前の半ば野生であった静寂は過去のものになろうとしている。借地ながら畑も増え、やみくもの百姓から、自分なりの百姓というものの地平を考える段階に入ってきたと思う。信仰、自己実現については、それが自己にかかわるものであるだけに、客観できない。道元禅師は、仏道とは自己を習うなり、自己を習うとは自己を忘れるなり、と言われたが、私にあっては依然として自己を習いつつあるのだとも思う。習い続けたいと願う。

［中略］

ドイツロ－マン派の詩人ノヴァーリス（一七七二年～一八〇一年）の『青い花』の扉には、次のような言葉が記されてある。

『すべて詩的なものは童話的でなければならぬ。

真の童話作者は未来の予言者である。

あらゆる童話は到るところにあってどこにもない、かの故郷の世界の夢である。』

この言葉は、詩の本質を見事に射抜いていると、私は感じる。現代詩あるいは現代詩人と呼ばれているものの多くは、自己を習うのではなく自我を追求する近代思想のもとにあるので、ノヴァーリスが童話と呼んだ詩の本質を遠く逸脱し、本来万人のものであるべき詩を、特殊な詩壇内の合言葉のようなものに狭めてしまった。

詩をもう一度、万人のものに取り戻したい。それが私の、心からの願いである。万人の胸に開かれた自己としての神が宿っているように、万人の胸に詩が宿っているはずである。

それを掘ることを、土を掘ることと同じく、自分の終生の仕事としたい。

*〔 〕内は編集部による註

もくじ

3 序にかえて

I

19 火を焚きなさい

25 漫画 Make the Fire 原作＝山尾三省 翻案・作画＝nakaban

II

34 沈黙

35 日と月

37 聖老人

III

42 歌のまこと
44 夕日
46 夢起こし ――地域社会原論――
49 散文 野イチゴ
57 子供たちへ
59 三つの金色に光っているもの
61 サルノコシカケ
63 月夜
65 じゃがいも畑で
67 秋のはじめ その二
71 食パンの歌 ――太郎に――
78 夜明けのカフェ・オーレ

79 ミットクンと雲
80 草の生えている道
81 森について
82 個人的なことがら
86 おわんごの海
89 散文 今年の夏は
99 漫画 山尾三省の詩と歩く 屋久島植物さんぽ 原作＝nakaban
105 ひとつの夏
109 静かさについて
111 いろりを焚く その四
113 桃の木
114 びろう葉帽子の下で その八 ——ルイさんに——
116 びろう葉帽子の下で その十九

IV

山桜 120
新月 122
高校入学式 124
洗濯物 126
青い花 128

V

森の家　その四 132
森の家　その五 135

VI

山に住んでいると 140
石 142
樹になる 144

三光鳥（さんこうちょう） 146
キャベツの時 148
地蔵　その二 150
一日暮らし 152
ゆっくり歩く 154

VII

夏の朝 158
神の石 160
真冬 162
白木蓮の春 164

VIII

松の木の木蔭で 168

170 ヤマガラ

IX

174 海辺の生物(いきもの)たち
177 散文 子供達への遺言・妻への遺言

＊

181 解説 わたしの、根っこのひと 早川ユミ
187 所収一覧

装画・イラスト＝nakaban　デザイン＝三木俊一

この本について

この本は、詩人・山尾三省（一九三八～二〇〇一年）の著作と詩集から、四十八篇の詩、四篇の散文の作品を選び、あらたに編集したものです。作品の選定は、山尾春美、長井三郎、高田みかこ、野草社編集部が担当しました。

火を焚きなさい　山尾三省の詩のことば

I

火を焚きなさい

山に夕闇がせまる
子供達よ
ほら　もう夜が背中まできている
火を焚きなさい
お前達の心残りの遊びをやめて
大昔の心にかえり
火を焚きなさい
風呂場には　充分な薪が用意してある
よく乾いたもの　少しは湿り気のあるもの
太いもの　細いもの
よく選んで　上手に火を焚きなさい
少しくらい煙たくたって仕方ない

がまんして　しっかり火を燃やしなさい
やがて調子が出てくると
ほら　お前達の今の心のようなオレンジ色の炎が
いっしんに燃え立つだろう
そうしたら　じっとその火を見詰めなさい
いつのまにか——
背後から　夜がお前をすっぽりつつんでいる
夜がすっぽりとお前をつつんだ時こそ
不思議の時
火が　永遠の物語を始める時なのだ

それは
眠る前に母さんが読んでくれた本の中の物語じゃなく
父さんの自慢話のようじゃなく
テレビで見れるものでもない
お前達自身が　お前達自身の裸の眼と耳と心で聴く

お前達自身の　不思議の物語なのだよ
注意深く　ていねいに
火を焚きなさい
火がいっしんに燃え立つように
けれどもあまりぼうぼう燃えないように
静かな気持で　火を焚きなさい

人間は
火を焚く動物だった
だから　火を焚くことができれば　それでもう人間なんだ
火を焚きなさい
人間の原初の火を焚きなさい
やがてお前達が大きくなって　虚栄の市へと出かけて行き
必要なものと　必要でないものの見分けがつかなくなり
自分の価値を見失ってしまった時
きっとお前達は　思い出すだろう

すっぽりと夜につつまれて
オレンジ色の神秘の炎を見詰めた日々のことを

山に夕闇がせまる
子供達よ
もう夜が背中まできている
この日はもう充分に遊んだ
遊びをやめて　お前達の火にとりかかりなさい
小屋には薪が充分に用意してある
火を焚きなさい
よく乾いたもの　少し湿り気のあるもの
太いもの　細いもの
よく選んで　上手に組み立て
火を焚きなさい
火がいっしんに燃え立つようになったら
そのオレンジ色の炎の奥の

金色の神殿から聴こえてくる
お前達自身の　昔と今と未来の不思議の物語に　耳を傾けなさい

Make the Fire
原作＝山尾三省
翻案・作画＝nakaban

polong

polong

colong

nakaban　画家。1974年生まれ、広島県在住。絵本に『ぼくとたいようのふね』(ビーエル出版)、『わたしは樹だ』(松田素子との共著、アノニマ・スタジオ)など。

II

沈黙

タブの木の下の木のテーブルに向かい　みんな沈黙している
空は静かに光り
日輪は透明な光の雨を降らしている
小鳥たちが神代のままに　澄んだ声で啼いている
苦しみの底に
井戸の底にきれいな砂金が眠っているように
苦しみの底にほんとうの私の光がある
みんな　そのことに気づいている
だから沈黙している
大豆の味を味わい
ツワブキの汁をなめ
井戸の底に映された　ほんとうの顔を
それはなんだろうと考えている

日と月

朝　空は深く　真青に澄みわたり
秋の緑輝く
東のお寺の屋根の上には金色の太陽が輝き
西の山の端には下弦の月が透明な白色を放っている
よいお天気になりました
ラーマちゃんも足が丈夫になって　と部落の人と挨拶をする
背骨のあたりに静けさがただよい
こんなよいお天気の日でも　もう私の心は浮かれない
ラーマちゃんは　山にかかった月を指さし
あっと声をあげると　地面に頭がつくほどに両手を合わせて　おじぎをした
この子は礼拝することが好きだ
私の宝
心をすっと涙が走り

日と月の巡る新しい日の散歩から帰ってくる

聖老人

屋久島の山中に一人の聖老人が立っている
齢(よわい)およそ七千二百年という
ごわごわとしたその肌に手を触れると
遠く深い神聖の気が沁み込んでくる
聖老人
あなたは　この地上に生を受けて以来　ただのひとことも語らず
ただの一歩も動かず　そこに立っておられた
それは苦行神シヴァの千年至福の瞑想の姿に似ていながら
苦行とも至福ともかかわりのないものとして　そこにあった
ただ　そこにあるだけであった
あなたの体には幾十本もの他の樹木が生い繁り　あなたを大地とみなしているが
あなたはそれを自然の出来事として眺めている
あなたのごわごわとした肌に耳をつけ　せめて命の液の流れる音を聴こうとするが

あなたはただそこにあるだけ
無言で　一切を語らない
聖老人
昔　人々が悪というものを知らず　人々の間に善が支配していたころ
人間の寿命は千年を数えることが出来たと　私は聞く
そのころは人々は神の如くに光り輝き　神々と共に語り合ったという
やがて人々の間に悪がしのびこみ　それと同時に人間の寿命はごんごん短くなった
それでもついこの間までは　まだ三百年五百年を数える人が生きていたという
今はそれもなくなった
この鉄の時代には　人間の寿命は百歳を限りとするようになった
昔　人々の間に善が支配し　人々が神と共に語り合っていたころのことを
聖老人
わたくしは　あなたに尋ねたかった
けれども　あなたはただそこに静かな喜びとしてあるだけ
無言で一切のことを語らなかった
わたくしが知ったのは

あなたがそこにあり　そして生きている　ということだけだった
そこにあり　生きているということ
生きているということ
聖老人
あなたの足元の大地から　幾すじもの清らかな水が泌み出していました
それはあなたの　唯一の現わされた心のようでありました
その水を両手ですくい　わたくしは聖なるものとして飲みました
わたくしは思い出しました
法句経　九十八
　村落においても　また森林においても
　低地においても　また平地においても
　拝むに足る人の住するところ　その土地は楽しい――
法句経　九十九
　森林は楽しい　世人が楽しまないところで　貪欲を離れた人は楽しむであろう
　かれは欲楽を求めないからである――
森林は楽しい　拝むに足る人の住するところ　その土地は楽しい

聖老人
あなたが黙して語らぬ故に
わたくしは　あなたの森に住む　罪知らぬひとりの百姓となって
鈴振り　あなたを讃える歌をうたう

III

歌のまこと

ひとりの男が
まことの歌を胸に探り
この世の究極の山へ登り入った
山は深く
雨さえも降り
実は
淋しい登山であった
同伴者がいなくはなかったが
真の同伴者は
己（おのれ）一人
まことの歌をうたうものでしかなかった
それがまことの歌なのか
まことらしき歌なのか

明確でないところに　この登山の困難があった

ひとりの男が
まことの歌を胸に探り
この世の究極の山へ登り入った
山は暗く
雨さえも降り
実は淋しい登山であった
あたかも
まことの確証はその淋しさの中にこそ在り
樹に花咲く時は
虚(うつろ)なことであるかのようであった

夕日

一日の畑仕事を終えて
妻とお茶を飲んでいると
右の後頭部が妙に明るかった
振りかえってみると
山の端に今や沈もうとしている太陽が
神の瞳のように明るく輝かしく　そこにあるのだった
〈ああ　いい夕日だな〉と私はつぶやいた
〈そう　いい夕日〉と妻は答えた
明るく輝かしい夕日が沈んでいってから
妻は晩御飯の仕度にかかり
私は豚の餌をもらいに一湊（いっそう）の町へ下った
神よ
すべての農夫農婦の胸に

明るく輝かしい夕日が沈んでゆきますよう
神よ
農業が愛されますよう

夢起こし

――地域社会原論――

わたくしは　ここで夢を起こす
どんな夢かというと
大地が人知れず夢みている夢がある
その夢を起こす
大地には　何億兆とも知れぬいきものの意識が　そこに帰って行った深い夢がある
その夢は椎の木
その夢は小麦
その夢は神
わたくしは　ここで夢を起こす
無言で畑を起こす一人の百姓が　一人の神であることを知り
無言で材を切る一人の大工が　一人の神であることを知り
無言で網を引く一人の漁師が　一人の神であることを知って
わたくしもまた　神々の列に加わりたいと思う

わたくしはこの島で　夢を起こす
地球上だけでなく　宇宙の何処まで行っても　ここにしかないこの島で
地球ながら宇宙ながらに　足を土に突っこんで
その深淵をのぞきこみ
そこに究極の光を見たいと思う
わたくしは　ここで夢を起こす
どんな夢かというと
竹蔵おじが死に　松蔵おじが死に　ウメばいが死に　リュウばいが死んで行った
その大地が
人知れず夢みている夢がある
その夢は船
その夢はばんじろう
その夢は神
わたくしは　人々と共にここで夢を起こす
その夢はしんしんと光降る静かさ

その夢は深い平和
その夢は　道の辺(べ)の草

わたくしは　ここで夢を起こそうと思う

野イチゴ

島の五月は、野イチゴの季節である。五月の初めになると、野いばらのように棘の多い背丈一メートルほどのバライチゴの木に、赤い実が熟しはじめる。中旬になると、ほとんど棘のないリュウキュウイチゴの黄色い半透明の実が熟しはじめる。リュウキュウイチゴは、背丈がやはり一メートルほどの高さの木本(もくほん)で、草イチゴではない。下旬になると、島では飛魚(とびよ)いちごと呼ぶ大きな葉のホウロクイチゴが濃い橙(だいだい)色の実を熟させる。ホウロクイチゴは背丈が二、三メートルにも伸び、密生して独自の藪を作り、葉にも茎にもびっしりと棘が出ている。トッピョイチゴと呼ぶのは、このイチゴの実が熟す頃になると海には飛魚がやってくるからである。しかしながら、ここ数年来は、野山にあふれるほどにトッピョイチゴが熟すのに、飛魚らしい飛魚がやってきたことがない。漁師達にとっては、この季節に船が沈むほどの飛魚漁が行なわれたことは、すでに昔話のひとつにさえなっている。

次々に熟してくるこの三種類の野イチゴは、それぞれに色も大きさも味わいも異なっており、わずか一ヶ月の間の季節の微妙な変化を充分に味わわせてくれる。バライチゴの赤い実が熟しはじめると、カッと照りつける夏型の季節の到来を実感し、リュウキュウイチゴの黄色い実が熟しはじめると、カライモの苗を植えつけなければと追われだす。トッピョイチゴが熟しはじめると、もう梅雨入りが近い。島では例年五月末になると梅雨に入るのである。

味わいからすると、バライチゴは甘いだけで酸味はほとんごない。口の中で暖かく甘さがとける。リュウキュウイチゴは、半透明の黄色からして涼しげな風情であるが、涼しいサイダーのような甘みがある。トッピョイチゴは三種類の中で一番甘く、ひと粒の大きさも親指の先ほどもあるので、食べごたえがある。また、そこいら中に一番多く群生していて食べようと思えばいつでも食べられるのが、トッピョイチゴである。リュウキュウイチゴにしてもバライチゴにしても、探すのに苦労するほどのことはなく、その気になって道を歩きながら探せばいくらでもあるのだったが、トッピョイチゴの密度にはかなわない。

末っ子で五歳になった道人が、ようやく幼児ではなく少年になりつつあり、この五月は自力で野イチゴ採りに熱中するようになった。昨年まででも、一緒に歩いて指差してやれば大喜びで採っては食べていたのだが、今年からはそこから一歩踏み出して、自分一人であちこちとイチゴ採りに出かけて行き、思う存分食べてくるようになった。自分が存分に食べてくるだけでなく、片手にいっぱい、時には両手にいっぱいほども集めてきて、妻と私とに食べさせてくれるようになった。野イチゴの他に、この季節は桑の実も熟すので、道人にとっては楽しみが尽きない。心配なのはマムシだが、この点については普段からよくよくいい聞かせてあり、彼が藪に入って行くのを見ていると、充分に注意している様子なので、もう放っておくほかはない。マムシが心配で子供の一人遊びがさせられないようでは、ある意味では逆に親ではない。

三種のイチゴには、どれもそれぞれの野生の味わいがあり、道人が取ってきてくれなくても自分なりに見つけ次第に食べるのだけど、こちらはどうしても仕事の合間にたまたま目についたのを食べる程度なので、専門の道人にはとてもかなわない。たとえば山羊の草を刈りに行く時にはこちらは山羊の草を刈らなくてはならないので、たまたま目の前にイチゴがあれば食べるが、わざわざそれを探して食べるほどのことはできない。道人の方は専門だから、私が草を刈っている間じゅうイチゴを採り歩いて、私の分まで採ってきてくれる。

「ほら」

と言って、両手いっぱいのイチゴを差し出す。野生のものだからむろん大小さまざまで、よく熟して大きくおいしそうなのもあれば、どう見ても酸っぱそうなものも混じっている。このところ毎日のことなのだが、私は彼がそうしてイチゴを集めてくるたびに、

「名人だねえ」

と、賞めることにしている。そして、その内の一番大きくて一番おいしそうなものを、二、三個食べる。道人はむしろそれが嬉しいらしく、私がそのようにしても少しも不満そうでなく、にっこりしている。買ってきたもの作ったものならそうは行かない。野の豊かさである。

その野の豊かさは、ほかならぬ縄文文化の豊かさに通じるものである。私自身は、山羊もニワトリも飼い、畑も作り、むしろ弥生文化の道を歩いているもののようだが、子供はやはり縄文文化の子供である。日本における縄文文化は約八千年続いたそうである。そしてその後の二千年間、つまり現在に至るまでの農耕に基礎を置く文化を、弥生文化として見る観方があるそうである。この場合の縄文文化とは、当然、狩猟採集に基礎を置く文化のことである。

歴史を政権の交代によって細別してゆく史観に比べて、縄文弥生の二大文化でものごとを観て行く視点はおおらかで楽しい。むろんこの場合、縄文文化はやがて来る弥生文化を待ち望み、弥生文化は去ってしまった縄文文化を逆に待ち望む、という関係がある。作る、あるいは造るという「仕事」と、採る、あるいは狩るという「仕事」の質の問題と、休息する、という三者の間には、歴史の細分化を越えた永い時間の問題が秘められているように感じる。

三種の野イチゴについて、この季節にはあたかも鈴なりに実っているように書いたが、そしてそれは嘘ではないのだが、道人や他の子供達が採り、私や妻が採ると同時に、猿達もしっかりとそれらをねらっているので、しかも猿達は完全な縄文文化類達なので、その気になって一日がかりの仕事にしないとジャムにするほどは採れない。それだけに道人の手に光るイチゴは美しく、「名人」と賞めるに価するのである。

子供たちへ

やがて十七歳になる太郎
お前の内にはひとつの泪(なみだ)の湖がある
その湖は　銀色に輝いている

十三歳の次郎
お前の内にもひとつの泪の湖がある
その湖は　金色に輝いている

八歳になったラーマ
お前の内にも　ひとつの泪の湖がある
その湖は　神の記憶を宿している

やがて九歳になるヨガ

お前の内にはひとつの泪の湖がある
その湖は　宇宙のごとく暗く　青い

六歳のラーガ
お前の内にもひとつの泪の湖がある
その湖は　自己というものを持たない

子供たちよ
貧困と　困難に耐えてすくすくと育ち
お前たちの内なる　泪の湖に至れ

三つの金色に光っているもの

朝　黒坊（くろぼう）の山からお日様が昇ってくる
あのお日様は　金色に光っているね
夕方　吉田の海にお日様が沈んでゆく
あのお日様は　金色に光っているね
朝のお日様は　胸がすっとするような金色
夕方のお日様は　胸が悲しくなるような金色
お日様の金色が　ひとつの金色

折り紙の金色があるよね
金色の折り紙を使うときには　ほかの色の折り紙とちょっとちがった気持になる
これは金色の折り紙だから　大切に使おうという気持になるね
七夕のときだって　金の折り紙は大切にして
本当の願いごとを書きたくなってくる

折り紙の金色が　ふたつめの金色
朝　黒坊の山からお日様が昇ってくると
海は金色に輝きます
夕方　吉田の海にお日様が沈んでゆくとき
海は金色に輝きます
七夕の竹の中で　きらきらと金色の願いごとが輝きます
でも　もうひとつ金色に光っているものはないかな
一湊(いっそう)の願船寺
阿弥陀如来が　金色に光っておられます

サルノコシカケ

サルノコシカケは　山の腐り木などに自生する　固い木質のキノコである
いつしか　そのサルノコシカケが好きになった
机の上に伏せた広辞苑の上にひとつ
やはり横に伏せた　昭和三年版の英和大辞典の上にひとつ載せて
あかず毎日眺めている
辞書というものは　時々ページを開くものであるから
そんな時にはサルノコシカケが載せてあると　少々不便である
まずサルノコシカケを別の場所に移し
広辞苑なら広辞苑　英和大辞典なら英和大辞典のページをくらねばならない
ページを引き終えたら元に戻し　ふたたびサルノコシカケをそこに置かねばならない
けれども　サルノコシカケには
辞典の知識以上に大切な　何かがある
辞典には　知識を限りなく広げてくれ　限りなく心を広げてくれるものがあるが

サルノコシカケには
その心を静め　深く沈黙させるものがある
サルノコシカケは　ひとつのものいわぬ知慧である

二冊の辞典の上に載せられた
二つのサルノコシカケを　あかず毎晩眺めている

月夜

雲ひとつない天心に　十六夜の月があった
港には　何艘もの漁船が舫われたまま　月の光を浴びていた
波音ひとつしない　静かな一月の夜であった
兵頭さんと二人で
しばらく　その港のたたずまいを黙って眺めた
原郷　という言葉が　僕の胸の内にはあった
僕は　兵頭さんと抱き合って泣きたい気持であった
お茶を飲んでゆきませんか
と　兵頭さんが言った
今晩ほど一杯の熱いお茶を　兵頭さんと共に兵頭さんのお宅で飲みたい晩はなかった
けれども僕は
いえ　今晩はこのまま帰ります　と言い
ひとりとしての　僕の月の道へと歩いて行った

僕が振りかえった時　ちょうど兵頭さんも振りかえったところであった

屋久島の原生林を　これ以上一本も伐らせるな

という　深夜に至るまでの話し合いを終えて　帰ってきた夜であった

じゃがいも畑で

じゃがいも畑の畝にかがんで　草を取っていると
土が無言であることがよく判った
土は無言で　じゃがいもを育て　雑草を育て
私に語りかけていた
私も無言でその語りかけに答えていると
静かな幸福が私達の間に流れた

僕は　この人生で自分が幸福であれるとは思っていなかった
今でもそう思っている
幸福は僕のものではなく　神々のものであった
けれども
じゃがいも畑の畝にかがんで　草を取っていると
土が無言の幸福であることが　よく判った

土は無言で　じゃがいもを育て　雑草を育て
私を育てていた
そこには　私という不思議な幸福があった

秋のはじめ　その二

クィーオウ　クィーオウと　夜更けに鹿が啼いている
二声つづけて啼くのは　二本角の鹿で　一声ずつ啼くのは　一本角の鹿だと
島人がおしえてくれたが
今夜啼いているのは　それでは二本角の鹿であろうか

草が生えている
樹がみっしりと繁っている
森があり
山がある
土があって　雨が降るとそれを吸いこむ
ひんやりとした空気が流れていて
無数の虫達が啼いている
それが人間の生活じゃないだろうか

焼酎を飲んでいる
僕はけっして飲んだくれの方ではないが
肝属郡(きもつき)の方で作られた　にごりのある　小鹿という焼酎を飲んでいる
種子島で作られた　南泉　というのも飲んでいる
むろん屋久島の　三岳も　八重の露も　黒潮　も飲む
夜の仕事を終えて
その机にむかったままで　菩提樹の実の珠数を首にかけて
一人で焼酎を飲んでいる
クィーオウ　クィーオウと　鹿が啼く
曼珠沙華の花を見た
曼珠沙華の花を見るのが　いつしか淋しくはなくなった
科学を棄てて　いい空気を吸って
ひとりのウマオイムシのような男として
ひとりの愚かなものとして
ああもう　お彼岸も近いと思うのが

人間の生活じゃないだろうか

　通し給え　蚊蠅の如き僧一人　　一茶

田舎がある
田舎の真理がある
田舎の苦しさがあり　　田舎の苦しさの真理がある
島がある
島の真理がある
島の苦しさがあり　島の苦しさの真理がある
それが人間の生活じゃないだろうか

クィーオウ　クィーオウと　夜更けに鹿が啼いている
なんと淋しい
なんと美しい
その声を聞きながら　一人で焼酎を飲んでいる

焼酎を飲み　酔っていく
酔っていくと　本当に好きなものの姿が見えてくる
その姿は　曼珠沙華
ひとときこの世を飾り　やさしく土に還ってゆくもの
クィーオウ　クィーオウと　鹿が啼いている

食パンの歌

――太郎に――

おまえもよく知っているように
私達の家ではめったに食パンを食べない
たまに食パンを食べるのは　病人が出たときとか
順子が熱病のように食パンを食べたくなったときとか
思いもかけぬお金が入ったときかである
家の中に食パンが一本あると　それだけでたいした幸福に感じる
順子は食パンが大好き　おまえも食パンが大好き
次郎も食パンが大好き　ラーマもヨガもラーガも食パンが大好き
ミチトクンも大好き　私もまた大好きである
さて太郎
おまえは二十歳を目前にして　これからこの家を出　島を出て東京へ行く
東京というところは　食パンなどありふれた食べもので
たとえば食卓の上にひときれの食パンがのっていて

それをみすぼらしい食べものと感じ　時には汚らしい食べものとさえ感じるようなところだ
おまえも　半年一年と東京に住むにつれて　あるいは三年四年と住むにつれて
いつか食卓の上のひときれの食パンを
そのように感じて見向きもしなくなるときがくる
戸棚に入れたままカビを生やかしたり
冷蔵庫の中でカチカチに固まらせてしまったりするときがくる
その時は
（よく覚えておいてほしい）
父親である私の思想が死に面している時であり
ひとつの真理が　死に面している時である

食パンが喰いたけりゃあ　金稼いで買えよ
屋久島にだっていくらだってパンくらい売ってるだろうが——

この家を出ようとするおまえは　半ばはそう思い半ばはそう思っていないはずだ

半ばそう思っているのは　まことに青年らしくてよい
また　半ばそう思っていないのも　私の息子らしくてよい
その半ばでおまえは明後日東京へ発つ
私はこれまで　ただ一緒に住んできたというだけで　おまえに何ひとつしてやれなかった
黒皮ジャンパーも買ってやれなかったし
通学用の新しいバイクも買ってやれなかった
奨学金をもらった上で学費免除の手続きをさせ　まるでただで高校を出した
その痛みがないわけではない
けれども私の考えは
（この二十年間ずっと探りつづけている考えは）
人間は　お金を稼ぐために生きてはいけないという理想を
命からがらで考えもし　実行することだった
おまえが六年間住んで　明後日は出て行くこの島でさえも
人々は一見　朝から晩までお金のことばかり考えているように見える
日本中世界中どこへ行っても　人々は朝から晩までお金のことを考え

より豊かな生活をしたいと追いかけているように見える
カライモよりは麦の飯　麦の飯よりは真白な食パン
食パンよりは耳なしのサンドイッチと　夢を追いかけているように見える
けれども　それは間違っている
僕達は本当は　ただ命の原郷を求めているだけなのだ
その命の原郷を
私はあるときは母と呼び　ある時は観世音と呼び
あるときはまた私自身の自己と呼び　神と呼び
あるときはまた屋久島の山中に自生する　樹齢七千二百年の縄文杉と呼び
あるときはまた　ただ山と呼び　海と呼ぶ
水と呼ぶことも　風と呼ぶことも　火と呼ぶこともある
そしてまた　それを百姓の名で呼ぶこともある

今日の夕方　十四夜の大きな月が背後の林からのぼった
黄金(こがね)色に澄んだ美しい月だった
にわとりにエサをやりながら　ふとその月を振り返って見た時

明後日はおまえが　私達の家を出て行き　島を出ていくのだとはっきりと知った
大きな月を仰ぐ私は
じっさい百姓の幸せを腰にまで感じもしたが
そのじつは思いもかけず淋しいのだった　ごかんと淋しいのだった
けれども　その淋しさも私の原郷であり　人間の原郷であると
土に立っていたのだった
ただの淋しいものとして　土に立っていたのだった

ところで太郎
おまえは明後日ほんとうに家を出て東京に行く
たのもしく成長し　二十歳を目前にした若者となって
百メートルを十一秒台で走り
法然上人が親鸞聖人の師であることを習い覚えたものとなって
あるいは $E=MC^2$ というアインシュタインの原理を一応は習い覚えたものとなって
おまえ自身の命を探るために　おまえ自身の命を花開かせるために
この家を出　この島を出て行くことになっている

父親の私は　おまえがおまえの真実の道をごこまでも歩いて行ってくれることを願う
けれどもおまえもよく知っているように
私達の家ではめったに食パンを食べない
ひときれの食パンを食べることは　私達家族にとってはずいぶん豊かなことである
ひときれの食パンの上に
小屋のニワトリが産んだ卵焼きとケチャップ少々と　コショウを振りかけてパクッと
　食べることは
めったにない豪華さである
けれどもおまえが東京に行って
半年あるいは一年　あるいは三年か四年して
食卓の上にのせられたひときれの食パンを　みすぼらしい食べものと感じるか
汚らしい食べものと感じるときが　必ずやってくる
その時
おまえが私の血を受けた私のただひとりの長男であるならば
(よく覚えていてほしい)
その時は

父親の私の思想が死に面している時であり
父親でも私でもない　ひとつの真理が死に面している時である

夜明けのカフェ・オーレ

フランスに行ったことがないから
本物のカフェ・オーレのことは知らない
今晩もとても寒く　もうすぐ夜も明けるので
台所に行き
山羊の乳にインスタントコーヒーの粉をふりかけて　カフェ・オーレを作った
とても熱い　おいしいカフェ・オーレができた
山羊よありがとう
と思いながら　ひとりでしみじみと飲んでいたら
眠っているはずの山羊が　山羊小屋で
ひと声　べえー　と啼いた

ミットクンと雲

だれもいない　山の中の畑で
ミットクンと二人で　青い空を見ていた
空には　白い雲がゆっくりと流れていた
青い空は　いいねえ
白い雲は　いいねえ
すると
その白い雲は　向こうの山の頂上に近づくにつれて
少しずつ夢のように　消えてゆき
山の頂上までゆくと　すっかり消えてしまった
深い青空が　あるだけだった
キエチャッタ　と　ミットクンが言った
きえちゃった　と　ぼくも言った

草の生えている道

道のまんなかに　草が生えている道を　歩いている
それは
この世で　わたくしがいちばん好きな　道である
それは　にんげんの原郷の道である
母よ
悲母よ
道のまんなかに　草が生えている道を　歩いている
それは
この世で　わたくしがいちばん好きな　道である
それは　存在の歌う道である
しんと静かで　黙っている
草が生えている道である
道のまんなかに　草が生えている　道である

森について

森は
土と樹々をかかえて
沈黙しつつ　生きている
人は　その森に帰る
森は
ひとつの大きな闇であり
慈悲である
人は　そこに帰る
森のそこには
水が流れている
その水もまた　森である
人は　そこに帰る　その森に帰る

個人的なことがら

古い言葉かも知れないが
僕は　真理　という言葉の前に
深く心が震える
そこに　僕の一生を　捧げる
古いことかも知れないが
僕は　そこにひれ伏し　そこに泣き
そこで遊ぶ

時代の流れに　沿わぬことかも　知れないが
僕は　幸福　という言葉の前に
むしろ悲しむ
時代の人は　明るい幸福の道を　行きなさい
僕は　それとは根本的に　少しだけちがう

真理の道を
静かに歩いて行くつもりだ

子供のころ
僕は漁師に　なりたかった
海は広くて　かぎりなく青かった——
子供のころ
僕は百姓に　なりたかった
畑は無言で　かぎりなく深かった——
子供のころ
僕は教授に　なりたかった
教授は偉くて　知識をもっていた——
子供のころ
僕は詩人に　なりたかった
詩人は悲しくて　真理を求めていた——
そして結局

僕は　百姓となり　詩人になった

しゃりんばいの　白い花が咲いたが
海には　まだ鯖(さば)がこない
漁師達は
やがてくるだろう　と語りつつ
じっとそれを　待っている
けれども
海に鯖はこない
しゃりんばいの　白い花は咲いたが
海に　真理は　やってこない

青い矢車草の花が
咲いている
そこには
無言の　究極の悲しみがあり

それがそのまま
青い光となっている
海よりも深く
青い矢車草の花が
真理として　咲いている

そして
これらのことがらは
すべて個人的なことがらである

おわんごの海

夕方
おわんごの海に行った
丸石と　まるまったサンゴのかけらの浜で
なむあみだぶつ　ととなえてみた
きれいなサンゴのかけらを　二つ拾ったが
そのまま近くの岩の上に　二つ並べて置いた
それから　打ち寄せられたロープを
二本拾った
その二本は　何かの役に立てるために
家に持ち帰ることにした——
こんならちの明かない暮らしをしていて
それでよいのか　とおまえは問うが
それでよいのだ　とわたくしは答える

夕方

誰もいない　おわんごの海に行った

誰もいない　おわんごの海に
不意に　ひとりのお爺さんが　現われた
それは僕が　三度　なむあみだぶつと唱えたすぐ後だった
なーんもなか　なーんもなか
と　お爺さんが手を振った
なーんもなか　なーんもなかよ
と　僕もいった
それで二人は　眼を合わせて微笑んだ
なにもなかったが
そこには　おわんごの海があった

おわんごの海に
ひとかかえもある太い流木が　流れついていた

焼酎飲みすぎたら　あかんで
たばこも吸いすぎたら　あかんで
と　その流木が大阪弁で言った
それはそうだ
それはいつだってそうだ
僕が死んだら　流木に生まれかわって
どこかの浜に流れつき
その浜に立っているもう一人の僕に
同じことを言ってやろう
おわんごの海に
ひとかかえもある太い流木が　流れついていた

今年の夏は

　今年の夏は、長野県の八ヶ岳の麓、富士見パノラマスキー場という所で、大きなお祀りがあった。一九八八年八月八日、八ヶ岳で会おうという意味合いを含み、幸先のよい末広がりの八の字を、No Nukes One Love（核エネルギー抜き・ひとつの愛）のテーマで祀ったものである。

　八月八日を中心に、一日から九日まで繰り広げられたこの祀りには、新聞等の報道によれば五千人を越す大人達と千人を越す子供達の参加があり、広大なスキー場附近の林の中には数百千の色とりどりのテント村が作られた。スキー場の入口には特設の野外ステージが造られ、そこから連日連夜音楽やシンポジウムの声が流れた。九日間に限った私設の放送局が開かれ、デイリー・ガイヤなる小新聞も発行された。大小さまざまな集会場やインディアンのテント（ティピと呼ばれる）の中では、メインステージと平行して様々な催物やシンポジウムが行なわれた。太陽熱発電装置も、会場の一角に設置されてあった。

にわか造りのバザールのような小さなお店が五十店も店開きをし、飲食物をはじめ衣類から装飾品、書物や陶芸品など様々な手作りの品々が売られていた。子供達は、広大なスキー場のスロープや木立の中で伸び伸びと遊んでいた。木立の中には、美しく澄んだ小川が山の花々に両岸を飾られながら、優しい音をたてて流れていた。

九日間にもわたる長期間であったが、日を追うごとに参加者は増え、オールナイト・コンサートの開かれる八月七日から八日にかけては、さしもの広いスキー場も人いきれでうなるほどの有様であった。

オールナイト・コンサートには、喜納昌吉、喜多郎、南正人、アシッド・セブンらのミュージシャンを始め、広瀬隆の講演、白石カズコの詩朗読、韓国からサムルノリ、タイからスラチャイ、アフリカのスーダンからハムザ・エルディーン、ガーナからカクラバ・ロビらの外国人音楽家達の参加があった。ジャマイカからは、名は忘れたがラスタカラーも鮮やかな三人のレゲェ達がやってきた。

地元、長野県の諏訪太鼓が、天地を振動させて鳴り響く合間に、僕はこのコンサートのオープニングの詩を読むことになった。諏訪太鼓の序奏が終わって、祀りの実行委員長のおえまさのりが地酒「真澄（ますみ）」のコモかぶりの封を切った。その最初のひと杓（ひしゃく）を、大いなる八ヶ岳の恵みとして戴いた。それから僕は、次のような詩を読み上げた。

祀り歌

——いのちの祀りに——

八ヶ岳よ
わが青春の日々に　限りなくエネルギーを与えてくれた山よ
新しいいのちの道を　指し示してくれた山よ

あのチェルノブイリの事故の日以来
ひとつの絶望が　わたくしたちの心を去ることがありません
その絶望から見る時
アジアとアフリカは絶望にあり　南アフリカとオセアニアもまた絶望にあり

北アメリカと西ヨーロッパも絶望にあります
東ヨーロッパとソヴィエトの人々は　より深い絶望にあり
　ます

八ヶ岳よ
ゆったりと裾野を広げた　限りなく美しい山よ
緑深い山よ

この夏　わたくしたちは
わたくしたちの呼吸そのもののように　体じゅうをめぐる
　この絶望を
新しい希望として立ち上がるべく
あなたの裾野でひとつの祀りを持ちます
人間は　希望なしには生きてゆけない生物（いきもの）です
希望をこそ杖として　やっと立つことのできる生物（いきもの）です

八ヶ岳よ
旧石器・縄文の時代より
全生類のいのちを変わりなく育み続けてきた大いなる山よ

わたくしたちに　新たな希望を与えて下さい
核兵器と原子力発電所を廃絶して
心やすらかに　日々のわたくしたちの苦楽の生活が営める
　よう
いつまでも　あなたの深い緑を讃え続けられるよう
新たな希望の道を　指し示して下さい
No Nukes One Love（ノー ニュークス ワン ラブ）と呼ぶ
全生類のための道を　指し示して下さい

八ヶ岳よ

わが青春の日々に　限りなくエネルギーを与えてくれ
その旅立ちを祝福してくれた山よ
いまふたたび　わたくしたちに
新たな旅立ちのエネルギーを与え　その道を明らかに指し
　示して下さい

二十年前、その同じ八ヶ岳の山麓に、僕達の「部族」の「雷赤鴉族（かみなりあかがらす）」の家があった。二十年前の僕達は、マスコミその他から好奇の眼で見られるだけのアウトサイダーであったが、二十年を経た今は、原子力発電と核兵器のない世界を現実的に作り出す、大きな社会的な愛として存在している。

僕達はこの夏、長く背負ってきたアウトサイダーの重荷を大地に帰し、アウトサイダーであることインサイダー（市町村民）であることを越えて、両者に通底するひとつひとつの輝かしいいのち、いのちであることを確認し合った。この祀りに際して僕が、八ヶ岳での祀りであるよりは、八ヶ岳そのものを祀り続けたのは、その山が深いいのちであるからであった。僕たちひとりひとりは、むろん大切な、光を秘め、光であるいのちであるが、八ヶ岳はさらに大きく深い光を秘め、光であるいのちであった。

むろん、八ヶ岳だけがそのようであるのではない。すべての無名有名の山々、島々、川や湖、平野、湾、海峡、そして大洋は、より深くより通底した光を秘め、光であるいのちである。

八月九日の朝、すでに多くの人々は去ったスキー場のスロープで、八ヶ岳を正面に、アメリカインディアンの長老トーマス・バンヤッカさん、フロイド・ウェスターマンさん、ロビー・ロメロさんの三人と、北海道アイヌの長老豊川エカシによる合同の儀式が行なわれた。すらりとした長身で、若く、AIM（アメリカ・インディアン・ムーヴメント）の戦士でもあるロメロさんが、一本の鷲(わし)の羽根を高々とかかげ、東の空と山から、南の空と山から、次に西の空と山から、北の空と山から、儀式の火の焚かれているその地上へ力(エネルギー)を引き寄せてくる仕方を見ながら、僕にも深く了解されるものがあった。

僕たちの存在の仕方は、より大いなるもの、より深く緑を繁らせるもの、より美しく花開く青空から力(エネルギー)をもらう時、もっとも健全(すこやか)に、もっとも平和に呼吸することができるように作られてある。

時代はどんどん先へ進んで行くが決して先へ進まず、春夏秋冬と回帰し、生老病死と回帰するもうひとつの永遠の時が流れていることを、僕達は忘れてはなるまい。

核兵器と原子力発電所の存在に頂点を持つ、これまでのような工業文明の方向は、いのちおよびいのちの輝きとは相入れないものであることが、今ようやく万人の胸に明らかなものとして見えてきた。この工業文明は、根底からその方向性を問い直し、生類を殺すのではなくて、それに奉仕する方向へと、深く修正されなくてはならない。原子力発電所の新たな建設を止め、現在運転中のものはその作動を停止し、解体してゆくことが、その修正の第一歩である。核兵器の廃棄が、それに続くあるいはそれと同時の一歩である。

山尾三省の詩と歩く
屋久島植物さんぽ
原作＝nakaban

BOTANICA

ハクモクレン

ヒメハルゼミ

ヒメヒオウギスイセン

ゲンノショウコ

センリョウ

ヤクシマサルスベリ

ヤクシマハギ

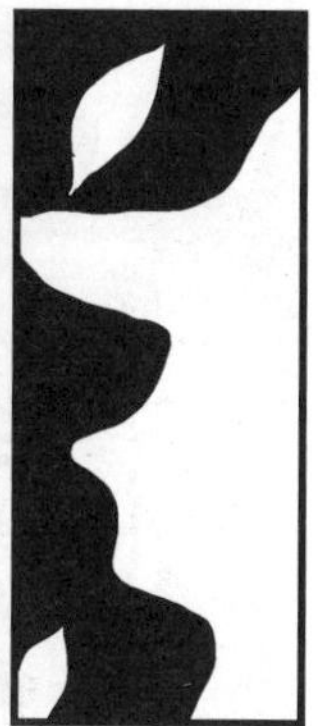

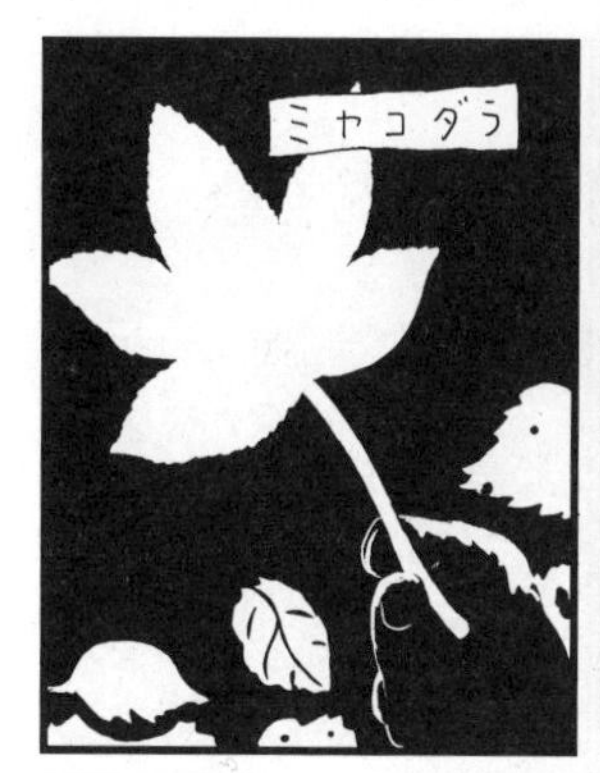
ミヤコダラ

ヒメシャラの花

サキシマフヨウ

ムラサキシキブ

fin

ひとつの夏

ひとり　ひとりの人が
ひとり　ひとりの顔を持っているように
ひとつの夏は
ひとつの顔を持っていることを　忘れてはならない
去年の夏
海には魚があふれていたが
今年の夏
海に魚影はない
去年の夏
あなたは海に泳いでいたが
今年の夏
海は泳がれることを拒否している
去年の夏

あなたはまだ生きておられたが
今年の夏
あなたは　もうここにはいない
ひとつの台風が　海をかきまぜ
山々を暗くし
核廃絶の願いのみが　正しく世界を流れている
去年の夏
夾竹桃の花は美しく咲いたが
今年の夏
一輪のプルネリアの花が　むしろ祀られている
三つの仏桑花（ハイビスカス）の花が咲き
五つの悲嘆が流れている
ひとつの夏は
ひとつの顔を持っていることを　忘れてはならない
失望してはならず
希望することも　許されてはいない

四十年前には
広島・長崎の夏と呼ばれる　ひとつの夏があった
玉音放送を聞いて　号泣して土手を走る　ヤチヨさんを見た夏でもあった
あなたが初めて自力で　海に泳いだ夏であった
この夏
あなたの眼は深く閉ざされ
核廃絶を　正しく祈ることが初めて行われている
プルネリアの花
夾竹桃の花　サンダンカの花
ここには初めて祈るものの夏があり
これまで祈らなかった　罪深いもののひとつの夏がある
海に魚の影はなく
山に時計草の実も熟さない
ひとつ　ひとつの夏は
ひとつ　ひとつの顔を持っていることを　忘れてはならない
この世に　核兵器という悲惨があることを

忘れてはならない
すでに四十年前にひとつの正しい祈りが流れ
ただそれだけが今もなお流れていることを　忘れてはならない
あなたの今年の夏を
正しく看(み)つめなくてはならない

静かさについて

この世でいちばん大切なものは
静かさ　である
山に囲まれた小さな畑で
腰がきりきり痛くなるほご鍬を打ち
ときごきその腰を
緑濃い山に向けてぐうんと伸ばす
山の上には
小さな白雲が三つ　ゆっくりと流れている
この世でいちばん大切なものは
静かさ　である
山は　静かである
畑は　静かである
それで　生まれ故郷の東京を棄てて　百姓をやっている

これはひとつの意見ですけど
この世で　いちばん大切なものは
静かさ　である
山は　静かである
雲は　静かである
土は　静かである
稼ぎにならないのは　辛いけど
この世で　いちばん大切で必要なものは
静かさ　である

いろりを焚く　その四

家の中にいろりがあると
いつのまにか　いろりが家の中心になる
いろりの火が燃えていると
いつのまにか　家の中に無私の暖かさが広がり
自然の暖かさが広がる
家の中にいろりがあると
いつのまにか　いろりが家の中心になる
いろりの火が　静かに燃えていると
家の中に無私の暖かさが広がり
平和が広がる
それは　ずっと長い間　僕が切なく求めつづけてきたもの
家の中にいろりがあり
そこに明るい炎が燃えていると

いつのまにか　その無私が　家の中心になる

桃の木

桃の花が　盛りをむかえた
満開の　その桃の木の下に立つと
だれでもが　幸せな気持になった
その幸せは
古代社会の幸せであり
女の人の幸せであり
縄文時代の　幸せであった
青空の中に
桃の花が　盛りを迎えた
満開のその桃の木には
わたくし達の幸せが　花となって咲いていた

びろう葉帽子の下で　その八

——ルイさんに——

ただの　なんのへんてつもない
びろう葉帽子
奄美大島の倒産した問屋が放出した
手作りの
びろうの葉で編んだ　びろう葉帽子
それなのに　それをかぶれば
その瞬間から
敗れ去って行ったものの　不可思議の力がはじまる
わたくしが　わたくしであるということは
必ず　敗れ去ったもののもとにある　ということ——
そして
その同じ瞬間に
喜びが　はじまる

生きてあることの　美しいできごと　がはじまる――
ただの　なんのへんてつもない
びろう葉帽子
びろう葉帽子の下で
ゆっくりと鍬を振り　じゃがいもを掘る

びろう葉帽子の下で　その十九

びろう葉帽子の下で
郷（くに）ということばと
郷人（くにびと）ということばを　つぶやく
奄美（あまみ）の郷（くに）
奄美の郷人（くにびと）
沖縄の郷（くに）
沖縄の郷人（くにびと）
アイヌの郷（くに）
アイヌの郷人（くにびと）
ホピの郷（くに）
ホピの郷人（くにびと）
びろう葉帽子の下で
郷（くに）ということばと

郷人(くにびと)ということばを
心をこめて　つぶやく
統治のない　郷(くに)
原子力発電所のない　郷(くに)
核兵器のない郷(くに)
その郷人(くにびと)のなりわい
びろう葉帽子の下で
パプアの郷(くに)
カリフォルニアの郷(くに)
コーカサスの郷(くに)
日本の郷(くに)
その郷人(くにびと)　そのなりわいと——
心をこめて　つぶやく

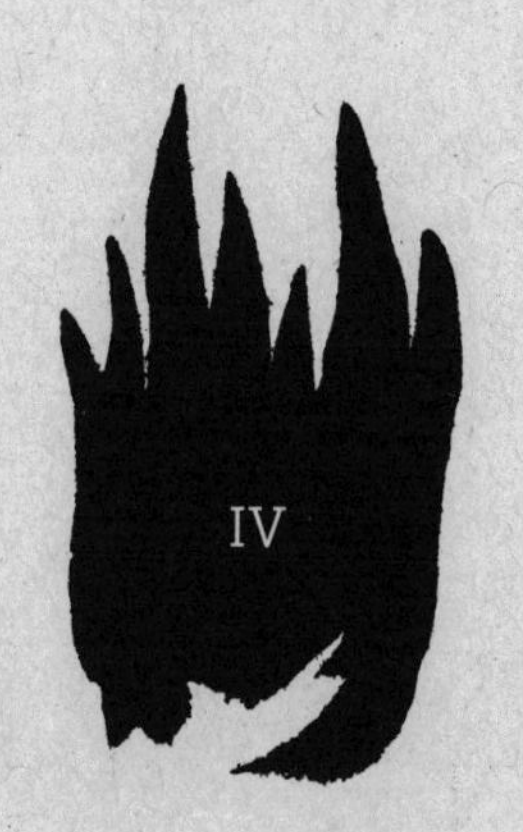
IV

山桜

山桜が
咲いて　散るあいだ
ずっとひとつの畑を　耕していた
これは
夢なのだ
こうして生きていることは
山桜が咲いて
散るあいだの　美しい夢なのだ

ざくり　ざくり
地しばりの花
ざくり　ざくり
キンポウゲの花

ざくり　ざくり
跳びはねる　みみずごの

これが夢なのだ
こうして生きていることが
山桜が咲いて
散るあいだの　美しい　一瞬の夢なのだ

新月

いつも魚を廻してくれる隣家の漁師へ
夕方
たまにはこちらから　シイタケを廻しに行った
「猿の喰い残しのシイタケだけど」

実際
猿達はシイタケが大好物で
大きく育って　食べ頃になると
一足早くやってきて　いっさいがっさい食べてゆく
それでも小ざるにいっぱいほどは　食べ残しが集められる
それをわれわれが食べる

豪勢なことは　なにもない

知的なことも　なにもない
それでも魚は廻るし
猿も少々　われわれの分を残してくれる

帰り道で山を仰ぐと
そこにもう　透明なこの月の新月が生まれていた

高校入学式

島は　山桜の花が　満開である

教師達よ
この百十八名の新入生達の魂を
あなた達の「教育」の犠牲にするな
「望まれる社会人」に　育てあげるな
破滅に向かう文明社会の
歯車ともリーダーともするな
教師達よ
再び島に帰らぬ「都会人」を育てるな
第三世界を侵蝕する「国際人」を作るな
教師達よ
この百十八名の新入生達の　胸の奥に

山桜の花よりも静かに震えている　魂の光があることを
必死に凝視(みつ)めよ
あなたの職業の全力を投じて
それを　必死に凝視めよ

島は今　山桜の花が満開である

洗濯物

洗濯物をたたむほどのことに
人生はあるか
三年間をかけて
そんなことを考えていた

この頃は
もう考えない
夕方
よく乾いた洗濯物を取り入れ
まだ陽の匂いの残るそれらを　正座して
一枚一枚
なるべく丁寧にたたんでゆく

その日
その秋の私の人生が一枚一枚たたまれて
さわさわとそこに重ねられて

山にはもう
十三夜の月が出ているのだ

青い花

生きていると
苦しいことの只中に入っていく
今こそ地獄だと
思うことがある

人はそのとき
青い花を見る
矢車草
カッコウアザミ
ブルークローバー
露草
オオイヌフグリ　山すみれ
青い花の

鋭い光に射られて

立ち上がることのできない生を
その光に射られて

立ち上がり
ふたたびみたび　いや百たびを
その只中に入っていく

V

森の家　その四

開け放したガラス戸から
さわやかな風が吹きこみ
今日もしーんとした青空が　ポンカンの葉叢（はむら）ごしに見られた

座布団に寝かせられた　閑（かん）ちゃんは
風に揺れるポンカンの葉を　無心に見ている
閑ちゃんの黒瞳（くろめ）に　ポンカンの葉が小さく映り
その奥には陽の光が　小さなダイヤモンドの形に映っていた

今日も無心は　如来心
今日も無我は　清浄（しょうじょう）心

私（わたし）のヒメシャラの樹は

そして　今日も青い
青く繁ることが
立ち尽くして　そこに青く繁ることが　私の長い願いであったが

私のヒメシャラの樹は
今日も　青い

悲苦はいつでも今を頂点とし
これから消えることもないのであろうが
わたくしのヒメシャラの樹は　立ち尽くして
今日も　青い

森の家

開け放したガラス戸から
あばら家といえど　さわやかな五月の風が吹きこみ

座布団に寝かせられた閑ちゃんは
風にさわられて　微笑（わら）っている

森の家　その五

朝起きると　水道の水が出ない
そこで鎌を片手に
水源地の谷川を調べにゆく

多分また
取水口のパイプに　落葉がつまったのであろう
橋を渡っていきながら

もう二十年近くもこんなことをしているのだ　と思う
これからも
こういうことをして死んでゆくのだ　と思う

森の家

取水口には　やはり落葉がつまっていて
それを取り除く
気持よく冷たい　五月小満*の水

ついでにその谷川の水で　ざぶざぶと顔を洗う
五月小満の　谷川の水
如来水

シダだか椎(しい)だかの　うす青い花粉がシャツにいっぱいついて
家に戻ってくると
小雨のぱらつくお天気ではあるが
今日も閑ちゃんは　にっこり微笑(わら)い
すみれちゃんと海ちゃんは　並んで朝御飯を食べている
森の家

流しでは　音をたてて水がほとばしり
さあこれで　私はゆっくり朝のお茶が飲める
なにごともなく
なにごともある　森の家

＊小満は、五月二十一日〜六月五日頃までの、万物しだいに長じて天地に満ちはじめる、節気。

VI

山に住んでいると

山に住んでいると　ときどき
美しい　神秘なできごとに出会う

たとえば
西の山に　みか月が沈んでゆく
ようやく日が暮れきって
空の底が濃紺色にふかまり
無数の星たちが　霊的なまばたきを送りはじめてくるころ
ごかんと
西山にみか月があって
見ているあいだに

ぐんぐんと沈んでゆく
沈む音が聞こえるほどである
なぜなら
月が沈みきり
山の上にしばらく残っていた明りも消えてしまうと

あたりが急に静かになって
それまでは聞こえなかった谷川の音が
ふたたび流れはじめ
聞こえはじめるからである

山に住んでいると
ときどき　不思議なできごとに出会う

石

石は
終りのものである
だから人は　終りになると　石のように黙りこむ
石のように孤独になり
石のように　閉じる

けれども
ぼくが石になったときは
石はむしろ　暖かいいのちであった
石ほど暖かいものはなかった
あまり暖かいので
そのままいつまでも　石でありつづけたいほどであった
事実ぼくは　一週間ほどは石であった

石は
終りのものではない
石は　はじまりのものである
石からはじまると
世界はもう崩れることがない

樹になる

ぼくは時ごき
樹にもなる

たとえば一本の　椎（しい）の樹になる
全身で
ただそこに根を伸ばし
幹となり　枝をひろげているだけの
椎の樹になる

すると
ぼくは　青いよ
ぼくはみっしり繁る葉だよ
静かに陽が当っているよ

マメヅタやヒトツバやタマシダ

緑の苔　灰色のカビ
それにノキシノブまでいっしょに
ひとつの生態系だ
ぼくは　ただ在る
ただ在る青いひとつの生態系だ

ぼくは時ごき
樹になる

三光鳥（さんこうちょう）

世界には　不思議な鳥がいるものである
三光鳥という鳥である
夜が明けるとすぐに
ツキ　ヒー　ホシ　ポイポイポイ
ツキ　ヒー　ホシ　ポイポイポイ
と啼きだし
一日中
森をとおして　日が暮れるまで啼いている
月（ツキ）日（ヒー）星（ホシ）　ポイポイポイ
月（ツキ）日（ヒー）星（ホシ）　ポイポイポイ
三つの光を　讃えて啼くのだという

不思議な鳥の啼く森に住んで
わたくしもまた
三つの光を讃えることを学ぶ
学ぶことに　いつしか月日も忘れてしまう
夜になると
三光鳥は啼かない
三光鳥の眠る森の空で
月と星は　不思議の光をその鳥達に与える

キャベツの時

わたし達は
この世界で生きねばならず　この世界を支配している
時間の中で　生きねばならぬが

ふと見ると
雑草だらけのキャベツ畑の時間　と　いうものもある
雑草に埋もれた　キャベツ畑の時間は
緑が　ゆっくりとかたまる時間　よく見ると
そこには　人間がかって知ることのなかった
〈不思議に　巻きしまる〉　という時間が
充ちている

世界は大切だし　まして日本の社会は大切であるが
たまにはすっかり投げだして
雑草だらけのキャベツ畑で　キャベツの時になる

地蔵　その二

お地蔵さん　というのは
深土を　神と知ることである

すみれの花が　咲くでしょう
野いちごの花が　咲くでしょう
それが　お地蔵さん

青草が　いっぱいでしょう
安心　するでしょう
それが　お地蔵さん

暖かい　でしょう
ごっしりと　深いでしょう

それが　お地蔵さん

お地蔵さん　というのは

来たるべき　わたしたちの深土の文明の呼び名です

一日暮らし*

海に行って
海の久遠を眺め
お弁当を　食べる

少しの貝と　少しのノリを採り
薪(まき)にする流木を拾い集めて　一日を暮らす

山に行って
山の静かさにひたり
お弁当を　食べる

ツワブキの新芽と　少しのヨモギ
薪にする枯木を拾い集めて　一日を暮らす

一生を暮らす　のではない
ただ一日一日
一日一日と　暮らしてゆくのだ

＊「一日暮らし」は正受老人（一六四二～一七二一年）の言葉

ゆっくり歩く

忙がしい今日だから
ゆっくり歩く

秋の陽のふりそそぐ音が
きこえますように

そよ風が
素足(すあし)にやさしく　ほほえみますように

きんみずひきの黄色の花が
おのずから　この心にとまりますように

岩たちの無言の歌が

無言のままに　ひびきわたりますように

忙がしい今日を
ゆっくり歩く

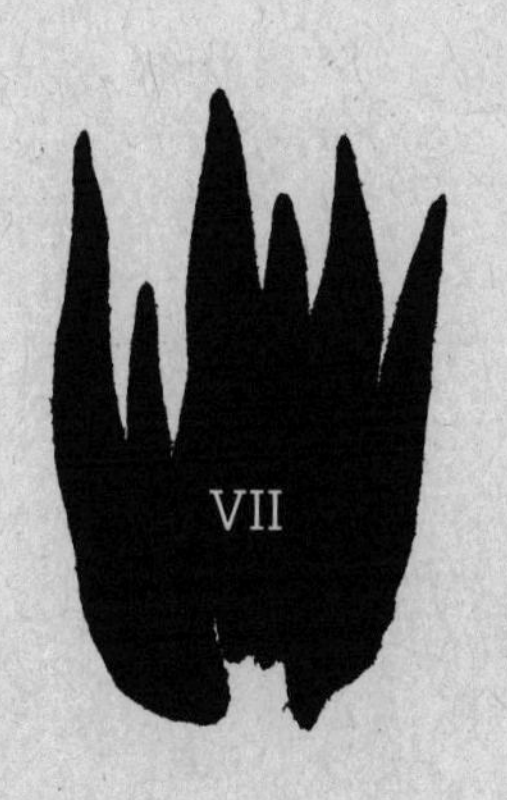

VII

夏の朝

山の上の空が
しん　と澄み
きょうも　上々のお天気である

浜木綿(はまゆう)の真白の花が
その青空に
匂うように咲きだし

白木槿(むくげ)の花も
凛々と
その青空を　讃えている

白い花たちと

子供たちの無垢の希望と　わたくしと
すべてのことは　同時同行

山の上の空は
しん　と澄み
ただここに　ひたすら在(あ)ればよいことを　伝えている

神の石

たとえば　大きな丸石をひとつ　谷川でよく洗い
よいしょ　とかかえあげ
家の中に　運びこむ

布でよく拭き
家の中の　しかるべき場所に
それを置き飾る

するとそこから
一千四百万年の　石の時間が流れはじめ
地質学　という喜び

自然（じねん）　という喜びが
水のように湧き出してきて
その石が　まぎれない　神の石となる

真冬

ぼく達の島では
ムラサキカタバミの花が　一年中咲いている
真冬でも　咲いている

濃い桜色の
まことに可憐な　美しい花である
吹き荒ぶ霙（みぞれ）まじりの　北西風になぶられながら
その花が
そんなことは当然とばかりに
美しく咲きつづけているのを　見ていると

人間の心にも
一年中　真冬でも　変わらぬ桜色のものが
咲いていることを　知る

大地には
そのような　心があることを　知る

白木蓮の春

無数の白木蓮の花が
青空に向けて　咲いている

この悪い時代にあって
子供たちの　いのちよ
白木蓮の花のように　寒気に耐え

青空の奥へ向けて
それぞれに　ぽっかりと
ひとりずつ　美しく　咲け
それぞれに
美しく　自分自身を
咲いてください

子供たちよ
子供たちの　いのちよ
この悪い時代に　あって

VIII

松の木の木蔭で

松の木の木蔭に敷いたござの上で
幼児はお昼寝をしていた
そのそばに父親も腰をおろし
砂浜と
あまりにも青い海を　眺めていた

さわさわと東の風が吹きわたり
そのたびに　頭上から
静かに松葉は　舞い落ちるのだった

降りつもった　松葉のあいだを
蟻(あり)たちがひそやかに走りまわり
ときごき　その歩みを止めては

風の音に聞き入るのであった

遥かな沖合を二つの船が
幻のように　ゆっくりとすれ違って行く
幼児は　ばんざいの形でお昼寝をつづけ
風はゆるやかに吹きわたり
父親はそっと
如来する海　と讃えてみるのだった

ヤマガラ

ぼくが歌えなくなって
石のように
地に沈んでいると
その頭上で
ヤマガラが啼く
ツツピー　ツツピー　ツツピー　と
澄みきった　いい声で啼く

人には誰でも　耐えねばならぬ時がある
その時には
苦しみの石になって
岩になって
ヤマガラが啼くのに　まかせるほかはない

ツツピー　ツツピー　ツツピー　と
澄んだ声で
ヤマガラが啼けば
それが
耐えねばならぬわたくしの
いい声の　歌なのだ

IX

海辺の生物たち

海辺の生物たち　というと
ぼく達はすぐに　ウニやヒトデや　貝たちや
小ガニの姿などを思い浮かべるけれど
じつはぼく達人間も
そうした海辺の生物たちの　一員にすぎない。

人間っていうのは
海辺の生物の一員だったんだって考えると
それだけでとてもうれしくなるが
それだけではない。

人間というのは
永遠という

それ自体　光であり　究極であり　至福でもある存在の
ほとりに住む生物たちの一員であり
その名を呼ぶことさえもできるもので
事実として
その結晶体でさえあるものである。

人間っていうのは
海辺の生物の一員であり
海の結晶の　ひとつの形なんだって想うと
それだけでうれしくなるが
それだけではない。

人間というのは
永遠の永遠という
それ自体　光であり　究極であり　至福でもある存在の
人間という名の結晶体でもある。

ね。
それだから今日もぼくは
青い海のほとりで　つまり永遠のほとりで
海を讃える歌と
永遠を讃える歌を
ヒトデのようにウニのように歌っているのです。

子供達への遺言・妻への遺言

僕は父母から遺言状らしいものをもらったことがないので、ここにこういう形で、子供達と妻に向けてそれが書けるということが、大変にうれしいのです。

というのは、ぼくの現状は末期ガンで、何かの奇蹟が起こらない限りは、二、三ヶ月の内に確実にこの世を去って行くことになっているからです。

そのような立場から、子供達および妻、つまり自分の最も愛する者達へ最後のメッセージを送るということになると、それは同時に自分の人生を締めくくることでもありますから、大変に身が引き締まります。

まず第一の遺言は、ぼくの生まれ故郷の、東京・神田川の水を、もう一度飲める水に再生したい、ということです。神田川といえば、JRお茶の水駅下を流れるあのごぶ川ですが、あの川の水がもう一度飲める川の水に再生された時には、却初に未来が戻り、文明が再生の希望をつかんだ時であると思います。

これはむろんぼくの個人的な願いですが、やがて東京に出て行くやも知れぬ子供達には、父の遺言としてしっかり覚えていてほしいと思います。

第二の遺言は、とても平凡なことですが、やはりこの世界から原発および同様のエネルギー出力装置をすっかり取り外してほしいということです。自分達の手で作った手に負える発電装置で、すべての電力がまかなえることが、これからの現実的な幸福の第一条件であると、ぼくは考えるからです。

遺言の第三は、この頃のぼくが、一種の呪文のようにして、心の中で唱えているものです。その呪文は次のようなものです。

南無浄瑠璃光・われら人の内なる薬師如来。

われらの日本国憲法の第九条をして、世界のすべての国々の憲法第九条に組み込まさせ給え。武力と戦争の永久放棄をして、すべての国々のすべての人々の暮らしの基礎となさしめ給え。

以上三つの遺言は、特別に妻にあてられたものでなくても、子供達にあてられたものでなくてもよいと思われるかもしれませんが、そんなことはけっしてありません。

ぼくが世界を愛すれば愛するほど、それは直接的には妻を愛し、子供達を愛することなのですから、その願い（遺言）は、どこまでも深く、強く彼女達・彼ら達に伝えられずにはおれないのです。

つまり、自分の本当の願いを伝えるということは、自分は本当にあなた達を愛しているよと、伝えることでもあるのですね。

死が近づくに従って、どんどんはっきりしてきていることですが、ぼくは本当にあなた達を愛し、世界を愛しています。けれども、だからと言って、この三つの遺言にあなた方が責任を感じることも、負担を感じる必要もありません。あなた達はあなた達のやり方で世界を愛すればよいのです。市民運動も悪くはないけど、もっともっと豊かな〝個人運動〟があることを、ぼく達は知っているよね。その個人運動のひとつの形として、ぼくは死んでいくわけですから。

わたしの、根っこのひと

早川ユミ

「火を焚く」という生き方

わたしはいま、高知の山のてっぺんでちいさな畑を耕し、ちいさな果樹園をつくり、日本みつばちを飼ったりしています。なりわいは、もんぺや農民服をつくることです。展覧会やワークショップにもでかけます。そして、こういうくらしのまいにちのことばを本に綴ってきました。ちいさな、ちいさな自給自足のくらしのはじまりには、山尾三省の存在がありました。いまもひとりで、こっそり弟子になったつもりです。じつは本のなかだけで、お会いしたことはないのですが、まぎれもなく山尾三省はわたしの根っこをつくったひとです。

「火を焚きなさい」という詩では、縄文からの火を焚くことのひつようをつたえています。

若いころ、夜ひとりでろうそくの火を灯してみました。火はゆらゆらと明るく、太古のひとが見つめたように、火に見つめられているようでした。火を見ているだけで、こころが穏やかになり、なんだかほくほくしてきました。そこでこんごは薪ストーブと薪の風呂をわが家にもとりいれてみました。火を焚くというくらしは、ちょっと気もちをたかぶらせます。

つれあいのテッペイは陶芸の薪の窯をつくりました。もう楽しくて、楽しくて、薪の窯たきのたびに、わくわくします。わたしのしごとじゃないのに、火を焚くことそのものに夢中になりのめりこんでいきました。家族のみんなが火にとりつかれ、「火を焚く」という生き方に、すっかりこころをうばわれてしまったのですから、これはもうたいへんです。

土の思想

火のつぎは土。土にふれたい、土を耕したい。土へのあこがれが、むくむくとわいてきました。三省さんのように畑しごとでたべものをつくりたい。家のまわりのちいさな畑に、かぼちゃの種を植えてみました。するすると芽がでて、かぼちゃが、ぽこぽこ実るのです。うれしくなって、どんどん種まきしました。

じゃがいも、里芋、にんじん、玉ねぎ、大根、ごぼう、大豆。たべものをじぶんの手でつくることは、それだけで、なにか生命力がたかまります。土にふれると、からだが元気になり、わきあがるような、よろこびを感じるからです。家族のための、おいしいごはんをつくるために、畑は、どんどんひろがりました。土のないくらしは、もう考えられません。

わたしたち人間は陸上生物として、土がないと生きられない。そういう、からだなのだと三省さんはいう。だから土を耕し、土とひとつになり、土とくらすのです。土はわたしの感覚をひらき、すっかり解放してくれたのです。がんじがらめの文明社会のなかで、教育のなかで、こうでなくちゃならないというような、じぶんをしばってきたものが、するすると音をたててこわれていきました。そして土という遠い遠い野生にふれること。これは人間が自然とともに生きていく持続可能な社会をつくるためにひつような土の循環だということがからだでわかったのです。土から生まれ、土に還る、これが百姓三省さんの土着の思想です。

カミという、アニミズムの感覚

タイやラオスを旅したとき、みなに愛されたり、恐れられたりするピーという精霊の信仰のことを知りました。このピーが、三省さんのいうカミと、とてもよく似ているのです。カミはじぶんにとって、美しいもの、善いもの、愛しいもの、幸せなもの、静かなもの、永遠なるもの、真実なるものとして、あらわれてくるものなのだそうです。カミは、森羅万象としてあらわれる自然のもののこと、すべてをいうのです。

三省さんが縄文人もたべたであろう、里芋をカミと呼び、里芋をたくさん畑に植えたと書いていたので、わたしも畑いちめんに里芋を植えてみました。収穫してたべると、里芋とひとつになったような気がしました。里芋のような、ちいさきもの、よわきもののがわの詩のことばに、三省さんには地球を想う母のような女性性があふれていると気づきました。

畑しごとをしているとき、森のなかで虹をみたとき、日本みつばちのはちみつ採りをしているとき。ふと、カミということばが、呼吸するように、すーっと、わたしのからだにはいってきました。まるで土や森の気が、わたしの丹田にはいってきて、丹田が充実するように。そういう瞬間にわたしの野生の感覚がよびさまされ、じょじょに、とぎすまされてくるのです。山になる。川になる。樹になる。この感覚をアニミズムというのだそうです。

縄文人のように生きる

木にのぼって、梅やびわやあんずやすももなどの、実をもぐのはわくわくとうれしい。こういう縄文人がしていたような採集生活は、とにかく、わたしのからだのなかの野生のDNAが生きものとしての人間になって、よろこんでいるのがわかります。

消費するだけのくらしから、ちょっとぬけだして、これからわたしたちの文明をあたらしくつくり直してゆこう。これはおおきなくらしの革命であり、人間の自然回帰なのです。海や山で採集する生活は、畑で農耕の生活をするよりも、じかに自然のおくりものをいただくこと。うれしい自然の恵みです。それは資本主義社会の文明に対する、もうひとつの文明、森からの文明、土からの文明をつくろうとするこころみだと三省さんはいいます。

現代文明が１００年をかけてつくってきたもの、それは根源的な人間の野生の感覚をこわすものだった。自然をこわし、農村をこわし、神さまをこわし、人間をこわすことだった。

わたしたちの生きる現代文明が、そもそもあやうい文明であることを、山尾三省はすでにわかっていて、なんども著書や詩や遺言のなかで警告したのです。いま、それらが現実のものとなり、核兵器や、放射能の汚染が人類の生存をおびやかし、無意識に社会の根底から不安をうみだしています。だからこそ、社会のなかでお金とひきかえになくしてきたものを、三省さんは火や土やカミという表現でつたえたかったのでしょう。

森へ還った、土の声、土のことばをかたりつぐ

森に住み、森に還った三省さんの詩は、土から生まれた土の思想。彼のからだを通りぬけ、手や足を通ってうたわれた山尾三省の詩たち。詩のことばをなんども、なんどもくちずさむうちに、しだいに三省さんの目や手や足になっていく。こういうことが社会運動ではなく個人運動だという三省さんは、土を耕すアナーキストです。気がつくとわたしは三省さんとひとつになっている。三省さんがわたしになって、またわたしの次のひとが、生まれ育ち、世代は次へと移っていく。そういうことぜんたいが、自然の循環、地球の循環なのです。

三省さんの詩は、わたしたち人間の、生きのこりと生存をかけた、ことばなのです。縄文人のようなアニミズムの感覚を　ひとりひとりがよびさまし、火を焚き、木にのぼって実をもぐために、山尾三省の詩は、いまの時代にますます、ひつようとされている。わたしがわたしをとりもどすために。あなたがあなたをとりもどすために。

はやかわ・ゆみ　布作家。1957年生まれ、高知県在住。著書に『種まきノート』『野生のおくりもの』（以上、アノニマ・スタジオ）、『からだのーと』（自然食通信社）など。

所収一覧

序にかえて　『びろう葉帽子の下で』（野草社、一九八七年）、「あとがき」より抜粋。タイトルは編集部による

Ⅰ

火を焚きなさい　『びろう葉帽子の下で』（野草社、一九八七年）

Make the Fire　原作＝山尾三省　翻案・作画＝nakaban　画は描き下ろし。タイトル「火を焚きなさい」の英訳「Make the Fire」はマレク・ルーゴウスキーと大黒和恵による

Ⅱ

沈黙／日と月／聖老人

以上、『聖老人――百姓・詩人・信仰者として』（野草社、一九八八年）

Ⅲ

歌のまこと／夕日／夢起こし　――地域社会原論――／子供たちへ／三つの金色に光っているもの／サルノコシカケ／月夜／じゃがいも畑で／秋のはじめ　その二／食パンの歌　――太郎に――／夜明けのカフェ・オーレ／ミットクンと雲／草の生えている道／森について／個人的なことがら／おわんごの海／ひとつの夏／静かさについて／いろりを焚く　その四／桃の木／びろう葉帽子の下で　その八　――ルイさんに――／びろう葉帽子の下で　その十九

以上、『びろう葉帽子の下で』（野草社、一九八七年）

野イチゴ　『島の日々』（野草社、一九九一年）、「野イチゴ」より抜粋

今年の夏は　『聖老人――百姓・詩人・信仰者として』（野草社、一九八八年）、「野草社版へのあとがき」

より抜粋。タイトルは編集部による

山尾三省の詩と歩く　屋久島植物さんぽ　原作＝nakaban　描き下ろし

Ⅳ

山桜／新月／高校入学式／洗濯物／青い花

以上、『新月——山尾三省第三詩集』（くだかけ社、一九九一年）

Ⅴ

森の家　——その四／森の家　——その五

以上、『森の家から——永劫讃歌』（草光舎、一九九五年）

Ⅵ

山に住んでいると／石／樹になる／三光鳥（さんこうちょう）／キャベツの時／地蔵　その二／一日暮らし／ゆっくり歩く・

以上、『三光鳥——暮らすことの讃歌』（くだかけ社、一九九六年）

Ⅶ

夏の朝／神の石／真冬／白木蓮の春

以上、『親和力——暮らしの中で学ぶ真実』（くだかけ社、二〇〇〇年）

Ⅷ

松の木の木蔭で／ヤマガラ

以上、『南無不可思議光仏——永劫の断片としての私（わたくし）』（オフィス21、二〇〇〇年）

Ⅸ

海辺の生物（いきもの）たち　『祈り』（野草社、二〇〇二年）

子供達への遺言・妻への遺言　『南の光のなかで』（野草社、二〇〇二年）

わたしの、根っこのひと　早川ユミ　書き下ろし

謝辞

本書を刊行するにあたり、
多大なご協力を賜りました皆様に、
心よりお礼申し上げます。

山尾春美
長井三郎
高田みかこ
くだかけ社
草光舎
オフィス21
葉っぱの坑夫
（敬称略）

山尾三省　やまお・さんせい

一九三八年、東京・神田に生まれる。早稲田大学文学部西洋哲学科中退。六七年、「部族」と称する対抗文化コミューン運動を起こす。七三〜七四年、インド・ネパールの聖地を一年間巡礼。七五年、東京・西荻窪のほびっと村の創立に参加し、無農薬野菜の販売を手がける。七七年、家族とともに屋久島の一湊白川山に移住し、耕し、詩作し、祈る暮らしを続ける。二〇〇一年八月二十八日、逝去。

著書『聖老人』『アニミズムという希望』『リグ・ヴェーダの智慧』『南の光のなかで』『原郷への道』『インド巡礼日記』『ネパール巡礼日記』『ここで暮らす楽しみ』『森羅万象の中へ』(以上、野草社)、『法華経の森を歩く』『日月燈明如来の贈りもの』(以上、水書坊)、『ジョーがくれた石』『カミを詠んだ一茶の俳句』(以上、地湧社)ほか。

詩集『びろう葉帽子の下で』『祈り』(以上、野草社)、『新月』『三光鳥』『親和力』(以上、くだかけ社)、『森の家から』(草光舎)、『南無不可思議光仏』(オフィス21)ほか。

火を焚きなさい

山尾三省の詩のことば

2018年10月31日初版第一刷発行
2023年 3 月31日初版第四刷発行

著者

山尾三省

発行者

石垣雅設

発行所

野草社

〒113-0034
東京都文京区湯島1-2-5 聖堂前ビル
TEL 03-5296-9624
FAX 03-5296-9621

〒437-0127
静岡県袋井市可睡の杜4-1
TEL 0538-48-7351
FAX 0538-48-7353

発売元

新泉社

〒113-0034
東京都文京区湯島1-2-5 聖堂前ビル
TEL 03-5296-9620
FAX 03-5296-9621

印刷・製本

萩原印刷

ISBN978-4-7877-1887-7 C0092